哈喽，伙伴们！

【法】吉普 ◎ 著 ／ 艾迪斯·香彭 ◎ 绘

梅思繁 ◎ 译

浙江人民美术出版社

成长的美丽与澎湃

这是一套向即将走入，或者已经走入青春岁月的年轻生命们，讲述关于成长中的万千情感，各种疑惑，生命和社会的难解命题的丰富小书。这同时也是一套所有的成年人也许都应该拿起来读一读的有趣作品。它会让已经远离青春岁月的成年人，重新记得这段人生中的特殊时光。它更会令成年人懂得青春期的复杂与不易，让他们更好地陪伴在孩子们的身边，度过这段既美好又时常充满动荡与变换的时期。

主人公索尼娅是个11岁多的女孩。她聪慧、敏感，喜欢新鲜事物，充满着生命力。父母的离异带给这个刚刚告别童年的女孩，对成人世界的各种不解，以及印在她心中的深深的伤痛与失落。家庭与父母给予她的在童年时的支撑与力量，随着父母的分离，瞬间消失了。她又恰恰在此时，走入了青春期——一个自我意识与身份在这一时期开始逐渐形成的，生命中尤为重要的阶段。

跟随着索尼娅的校园生活，我们会看到，索尼娅和她的同伴们作为当今法国乃至整个西方社会的青少年，他们看待世界与社会的眼光；他们对独立的自我身份与话语权的要求；他们在情感上的诉求；他们对大量传统观念和事物的反叛，以及对新生的电子与科技社会的追随和融入。

这套书的两位作者，用最贴近现实的图画和语言，刻画了法国青少年的生存状态与面目。在这种毫无掩饰的真实讲述里，有一些话题也许会让我们的中文读者（尤其是成年人）觉得不那么自在。比如故事里涉及的青春期的两性情感问题，比如这些孩子对电子游戏与其他电子产品的沉迷，比如他们对传统文学的陌生，对嘻哈音乐的狂热……

我非常理解，我们的成年读者在读到这样的情节时，刚开始的时候会产生一些不首肯和淡淡的反对情绪。我作为一个在法国社会生活了十多年的成年人，我同样有着对于"索尼娅"们的态度和行为，有我的不认同和保留。但是当我仔细地观察一下我身边的"索尼娅"和"艾罗迪"，我不得不承认，两位作者在这套书里的刻画是无比真实与形象的。

我猜想，作者秉承这样坦诚的创作态度，是为了让青少年读者在这套书里找寻到他们对主人公的认同感。每一个青春期的孩子都会在这套丰富的作品里，读到自己的影子。这些主人公的快乐与烦恼，也是天下所有青春期的孩子们在经历着的丰富情感。作者的毫无隐藏，更是为了让所有的成年人，放下我们对青春期的各种偏见，用专注与理解的眼神去读懂青春期的孩子们的情感、诉求和对社会与成年人的期待。

索尼娅和她的同伴们，有着青春期群体的任性妄为、自以为是等缺点。但是他们同时拥有蓬勃的生命力、创造力，和勇于打破不公平的社会秩序，为那些少数以及弱小群体呐喊、争取权力的大胆和真诚。他们生在一个高科技和电子化的时代，自然而然地，对于传统社会的价值观念、生活方式甚至娱乐方式，他们都是不了解并有点嗤之以鼻的。但是一旦当他们读到雨果的诗歌，当他们亲身感受到田园生活的美好，他们有一颗比成年人柔软得多的心灵，会毫不犹豫地接受并且拥抱传统。

当我们读完索尼娅和她的同伴们的故事，我们会发现，这些看似离经叛道的年轻生命，其实与任何一个时代的青春期孩子都是一样的。他们以他们的方式，在寻找着属于自我的独立身份与人生轨迹。一切的反叛也好，惊世骇俗也好，绝不是他们的终极目的，而只是他们在面对成长中的巨大转型时的某种难言的不知所措。这些时常宣称自己已经非常独立的"索尼娅"们，在这个生命阶段，内心所寻求的恰恰是成年人与传统价值的智慧的理解与引领。

我相信，我们的青春期的少年们，在读完这套精彩出色的作品以后，会不由自主地偷笑起来。他们在这些故事里读到了他们的日常生活、内心隐秘、欢乐与悲伤，他们更会在这些故事里找到很多困扰他们已久的各种人生与社会问题的答案。

我也相信，我们的成年人们，在读完索尼娅和她同伴们的故事以后，会用一种全新的眼光来看待他们身边正在经历着青春期的孩子们。他们会智慧地站在孩子们的身边，让他们的成长之路走得更加美好、有力、蓬勃。

塞博

班里的第一名，但是非常不擅长说那些年轻人之间流行的"俚语"。跟他说话得直截了当地说"你在做梦吧"，而不是"你把短裤都撕破了吧"……

索尼娅

11岁半。才刚刚告别童年的她，因为头上总是戴着顶红帽子，看起来像一只"甲壳虫"。她天不怕地不怕，固执得很，脑袋里充满了各种奇怪的念头。她在"脸书"上并不觉得自在。她非常喜欢萨罗梅。

妈妈

36岁的离婚女性。她尽自己的能力照顾和教育女儿，已经忘记自己年轻的时候也曾经有那么个心上人了。

克劳黛特奶奶

1968年时，她18岁。她将那个年代宏伟开放的理念都记在了心里。如今她独自和她的猫生活在一起，试图维持家里的秩序。她是索尼娅愿意倾吐心声的人。

可不需要非得赶上谁的生日，或者其他什么借口在家里办一场聚会。索尼娅对朋友们说，她想办一个聚会，就这么简单……

艾罗迪和玛戈立即同意了。

妈妈建议他们在花园里玩"找宝藏"的游戏……

可是，索尼娅还是亲自安排了聚会的各种细节。女孩子们都化了妆，男生们在头发上抹了发胶。

萨罗梅带来了嘻哈歌手波巴的最新唱片……

索尼娅的心扑通扑通地直跳。

这是萨罗梅第一次来她家。他们认识已经很
久了，可在自家的客厅里和他谈情说爱，还真有
点奇怪。

这对小情侣借着朦胧的灯光，练习着……

碰到这种时候，任何人都最好不要去当电灯泡。
妈妈和克劳黛特奶奶躲到厨房里准备寿司去了……

梳着白色长辫子的克劳黛特奶奶好像是从另一个时代走出来的人。

虽然她也曾经年轻过。18岁的时候，她穿着嬉皮士的衣服，头上戴着花。她为自由恋爱和世界和平而呼喊。

克劳黛特　1968年夏天

奶奶的思想可开放得很，她觉得自己完全可以跳嘻哈舞……

你过时啦，
老太太！！！

城市的另一头，赛博和贝蒂娜在玩着社交游戏。他们没有被索尼娅邀请，这让他们有点不高兴。不过，赛博可是玩游戏高手。

突然，他有个主意。

这可是贝蒂娜第一次被一个男生提出这么直接的要求。但是，正在矫正牙齿的她绝对不想和男生……哪怕对方是班里的第一名！

贝蒂娜去卧室找她的猴子玩具。这是她六岁时最喜欢的玩具，把手按在猴子的肚皮上，它会发出"咕……咕……"的声音。不过，现在电池有点不足了。贝蒂娜对能给猴子找到一个新伙伴觉得挺高兴的。

回到家以后，赛博想着学校里那些他连话都不敢讲的女生们。

做班上的第一名可不是件容易的事。人家抄你的作业，当你是小丑，还嘲笑你看起来文质彬彬……

他的书架上没有连环画、漫画，只有非常严肃的书籍。

他躺在床上，想着维克多·雨果。雨果对他来说是个英雄，一个反叛者。因为批评拿破仑三世在1851年夺权，他被流放了整整20年……

满心敬佩！

学校的操场上，赛博趁休息时间慢慢走到索尼娅的边上。

索尼娅这样的女孩正是赛博想约会的类型。不过他也知道，这挑战挺大的。

更何况所有人都知道，她喜欢的是萨罗梅。

赛博问索尼娅有没有合适的女孩介绍给他。

这还是赛博第一次敢于向人敞开心扉。

他害羞，又没有很多朋友。女孩们让他害怕……

索尼娅决定帮帮他。

她和女朋友艾罗迪一起约赛博在一家商场见面，这里有好多商铺。

还好这些女孩们挺直接。

不像有的同学，他们跟他一起打篮球，但是从不把球传给他。

赛博帮人家带小孩，教法语课，他愿意花些钱把自己变个模样。

先从衣服开始……

接着是运动鞋……

帽子……

看，赛博是不是变了模样？虽然他看起来还是那么腼腆。

妈妈决定去看看克劳黛特奶奶。自从爸爸离开家以后，她得一个人照顾索尼娅。

你从那个聚会缓过来了？

别提了！邻居们都在抱怨，嫌我们太吵。而索尼娅压根不在乎……

我在她这个年纪时还在玩洋娃娃呢。

但是让妈妈真正担心的是索尼娅的男朋友，毕竟她的女儿才11岁！

妈妈不知该如何是好……

奶奶笑着耸了耸肩膀。她记得妈妈小的时候可没有那么听话。有一天，她无意间在柜子里发现了妈妈和她的小布诺瓦……

妈妈脸红了……

你们当时可一点都不觉得有什么不对的……

我们什么都没干！

学校里，所有的人看到赛博的新打扮都吃了一惊。现在，他敢靠近大家了。

玛戈觉得他看起来很不错。赛博想请她周末去他家，介绍给他的爸爸妈妈认识……

不幸的是，他总是笨手笨脚的……

星期六你来
我家好吗？

又不是什么特
别的日子……

赛博说的话好像同学们听不太懂。
女孩们似乎也不喜欢他说话的样子。
他听见有个同学说了句让大家都大笑起来的话。

他心想，有机会他一定要把这句话用上。

既然是这样，
我要开始说
俚语了！

电影院前，几个小混混站在那里聊天。

他们看起来可不是省油的灯。

然而，赛博却压根儿没有意识到这些人不好惹……

赛博都没有听懂他们在说些什么。他们说不定是在考验他，要他说出那句让所有人都会笑起来的话？

当然，结果全然不是赛博所预料的。

非但没有人笑，他的眼睛上还多了块乌青，而且他们还抢了他的帽子。

晚上对着镜子，赛博心想，这是为什么呢？

我不明白
……

站在操场上的赛博又重新变回了他原来好学生的样子。他觉得这模样才让他觉得舒服，他又想到了雨果……

他刚读了一首大诗人的诗歌，让他想起索尼娅。

不是一定要扮成小丑才能交上朋友，人应该坚持做自己。同时，你也可以成为一个让别人不敢欺负你的人。

妈妈不让索尼娅再和萨罗梅一起出去了。没什么可谈的，就这么定了！好像连爸爸都同意了这个决定。

幸亏奶奶常常会打电话给索尼娅，让她振作精神。至少，她理解她……

我要给你说一件……

快说啊，奶奶！

这天晚上，索尼娅决定继续见她的小男朋友。

吃饭的时候，她宣布道：

"星期六在社交文化中心有个小型聚会。"

妈妈当然是不同意的……

我在你这个年纪……

你跟小布诺瓦成天在一起玩！

奶奶都告诉我了！

社交文化中心里，萨罗梅的朋友们都在，包括克洛伊、纳唐、玛艾尔……索尼娅邀请了赛博，这还是第一次有人想到请他来参加聚会。

每个人要轮流上台朗诵一首诗。

赛博一开始有些腼腆，他结结巴巴的。然后，一首诗歌出现在他的脑海里……

维克多·雨果！就是他，这个英雄和流亡者。突然，那些句子跳跃着出现在他的嘴里。

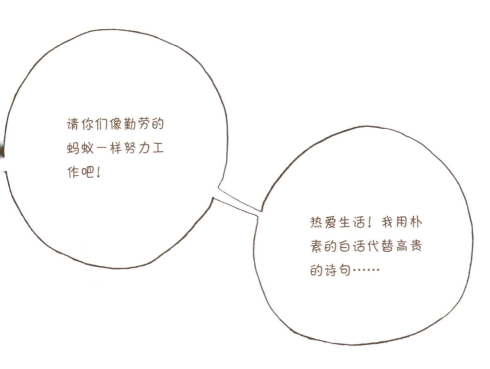

请你们像勤劳的蚂蚁一样努力工作吧！

热爱生活！我用朴素的白话代替高贵的诗句……

萨罗梅第一个祝贺他。

太棒了，兄弟！

所有人都被这首诗歌迷住了，赛博从来没有觉得那么自信过。

萨罗梅

虽然只有12岁，却已经是个人物。他喜欢跳嘻哈舞，虽然不太了解古典文学，但是能辨认出有才华的人。

艾罗迪

11岁半，无处不在的好朋友。她忠诚又低调，等待着自己绽放的时刻。

玛戈

只要有聚会，她总是不愿意错过。如果有男孩子约她，她也不会拒绝。不过，可不能跟她拐弯抹角地说话。

维克多·雨果

史上最出色的作家之一。在说唱诞生之前，他早就写出了充满韵律的诗歌。

献给所有

即将进入青春期的孩子们

合同登记号：

图字：11-2018-14号

图书在版编目（ＣＩＰ）数据

哈喽，伙伴们！ /(法) 吉普著 ; (法) 艾迪斯·香彭绘 ; 梅思繁译. -- 杭州 : 浙江人民美术出版社，2019.1

（成长的烦恼）

ISBN 978-7-5340-7274-1

Ⅰ.①哈… Ⅱ.①吉… ②艾… ③梅… Ⅲ.①儿童故事—法国—现代 Ⅳ.①I565.85

中国版本图书馆CIP数据核字(2019)第011041号

责任编辑：张嘉杭
责任校对：黄　静
责任印制：陈柏荣

哈喽，伙伴们！

［法］吉普　著／艾迪斯·香彭　绘
梅思繁　译

出版发行：浙江人民美术出版社
　　　　　（杭州市体育场路347号）
网　　址：http://mss.zjcb.com
经　　销：全国各地新华书店
制　　版：杭州真凯文化艺术有限公司
印　　刷：浙江新华数码印务有限公司
版　　次：2019年1月第1版·第1次印刷
开　　本：710mm×1000mm　1/16
印　　张：2.5
字　　数：10千字
书　　号：ISBN 978-7-5340-7274-1
定　　价：20.00元